Mały Książę

Myślę, że do ucieczki wykorzystał przeloty dzikich ptaków

ANTOINE DE SAINT – EXUPÉRY

Mały Książę

Z AKWARELKAMI AUTORA

NOWY PRZEKŁAD
EWA ŁOZIŃSKA-MAŁKIEWICZ

ALGO

Toruń 2019

Tytuł oryginału francuskiego
„LE PETIT PRINCE"

redaktor
Jerzy Kapica

korekta
Iwona Kapica

skład
EM studio

ISBN 978-83-89683-43-4

Wydanie I w tej edycji

Wydawca
Algo sp. z o.o.
87-100 Toruń ul. Kalinowa 3

Wydrukowano w EU

LEONOWI WERTH'OWI

Proszę dzieci o wybaczenie, że pozwoliłem sobie zadedykować tę książkę dorosłej osobie. Mam poważny powód: ta dorosła osoba jest najlepszym przyjacielem, jaki przytrafił się w moim życiu. Jest też inne wytłumaczenie: ten „dorosły" potrafi wszystko zrozumieć, nawet książki dla dzieci. Istnieje trzecia przyczyna: mieszka on we Francji, gdzie doskwiera mu głód i zimno. Bardzo potrzebuje pociechy. Jeśli te wszystkie wyjaśnienia to dla was za mało, w takim razie zadedykuję tę książkę dziecku, jakim był kiedyś. Wszyscy dorośli byli najpierw dziećmi.

(Acz niewielu z nich o tym pamięta). Poprawiam więc moją dedykację:

LEONOWI WERTH'OWI
z czasów, gdy był małym chłopcem

I

Kiedy miałem sześć lat, ujrzałem pewnego razu wspaniały obrazek w książce o Dziewiczych Lasach, która nosiła tytuł *Prawdziwe historyjki*. Przedstawiał on węża boa w trakcie połykania małego zwierzaczka. A oto kopia tego rysunku:

W książce przeczytałem, że „Węże boa połykają swoje ofiary w całości, wcale ich nie gryząc. Potem tracą zdolność poruszania się i śpią przez sześć miesięcy potrzebnych na trawienie".

W owych czasach wiele zastanawiałem się nad przygodami w dżungli i udało mi się kolorową kredką samodzielnie narysować mój pierwszy rysunek. Mój rysunek numer 1. A był on taki:

Pokazałem moje dziełko dorosłym, pytając, czy mój rysunek ich przeraża. Odparli na moje pytanie: „Dlaczegóż to kapelusz miałby nas przerażać?". Na moim rysunku nie było kapelusza. Ukazywał węża boa w trakcie trawienia słonia. W takim razie narysowałem wnętrze węża boa, żeby umożliwić dorosłym zrozumienie sprawy. Ciągle potrzebne im są wyjaśnienia! Mój rysunek numer dwa był taki:

Dorośli poradzili mi, żebym darował sobie rysowanie węży boa; nieważne — zamkniętych czy otwartych, a zainteresował się raczej geografią, historią, rachunkami i gramatyką. I tym sposobem w wieku sześciu lat porzuciłem wspaniałą karierę artystyczną. Brak zrozumienia dla mego rysunku numer 1 i dla mego rysunku numer 2 zupełnie mnie zniechęcił. Dorośli nigdy nie potrafią samodzielnie niczego pojąć i uprzykrzają życie dzieciom, które ciągle muszą im wszystko wyjaśniać.

Dlatego też musiałem wybrać inny zawód: nauczyłem się więc pilotować samoloty. Latałem prawie wszędzie, po całym świecie. I zgadzam się, że geografia bardzo mi pomogła. Już na pierwszy rzut oka umiałem rozróżnić Chiny od Arizony. To bardzo przydatne, jeśli zgubisz się nocą. Dzięki temu wszystkiemu moje życie przyniosło mi mnóstwo kontaktów z mnóstwem bardzo poważnych ludzi. Wiele przeżyłem, mieszkając z dorosłymi osobami. Przyjrzałem się im z bliska. To nie poprawiło zbytnio mojej opinii.

Kiedy spotykałem osobę, która zdawała mi się nieco bardziej rozgarnięta, poddawałem ją eksperymentowi, pokazując mój rysunek numer 1, stale skrzętnie przechowywany. Chciałem sprawdzić jej pojętności. Ale w reakcji zawsze słyszałem: „To kapelusz”. A więc nie mówiąc już ani o wężach boa, ani o Dziewiczych Lasach, ani o gwiazdach, dostosowywałem się do poziomu tej osoby. Mówiłem z nią o brydżu, golfie, polityce i krawatach. I wówczas ta dorosła osoba nabierała zadowolenia ze znajomości z tak rozsądnym człowiekiem.

II

Tak więc żyłem samolubnie, nie mając nikogo, z kim mógłbym porozmawiać, aż do kraksy na Pustyni Saharze, sześć lat temu. Coś pękło w moim silniku, a ponieważ nie towarzyszył mi nikt — ani mechanik, ani pasażerowie, musiałem zupełnie sam dokonać trudnej naprawy.

Była to dla mnie kwestia życia lub śmierci. Mój zapas wody pitnej mógł starczyć najwyżej na osiem dni.

Tak więc pierwszego wieczoru usnąłem na piasku tysiąc mil odległym od zamieszkałych domów. Byłem bardziej samotny niż rozbitek na tratwie pośród oceanu. Wyobraźcie więc sobie moje zdziwienie, kiedy o wschodzie słońca obudził mnie śmieszny głosik. Usłyszałem:

— Proszę pana, proszę narysować mi baranka!

— Co?

— Narysuj mi baranka!

Skoczyłem na równe nogi, jakby trafiony piorunem. Przetarłem oczy. Rozejrzałem się. I zauważyłem zupełnie nadzwyczajnego małego człowieczka, który przyglądał mi się z powagą. Oto najlepszy z jego portretów, jaki udało mi się później narysować:

Lecz mój rysunek, oczywiście, nie jest równie zachwycający, co wzór. Nie ma w tym mojej winy. Dorośli zniechęcili mnie do kariery artystycznej w wieku sześciu lat i nie nauczyłem się szkicować niczego, oprócz zamkniętych węży boa i otwartych węży boa.

Przyglądałem się więc tej zjawie oczami okrągłymi ze zdziwienia. Nie zapominajcie, że znajdowałem się tysiąc mil od ludzkich siedzib. A mój mały człowieczek nie wydawał mi się zagubiony ani umęczony do granic wytrzymałości, ani umierający z głodu, pragnienia, czy strachu. W niczym nie przypominał dziecka, które zawieruszyło się pośród pustyni, tysiąc mil od najbliższego ludzkiego domostwa.

Odzyskawszy mowę, powiedziałem do niego:

— Ale... skąd ty się wziąłeś?

A on powtórzył, cichutko, jakby chodziło o coś ważnego:

— Proszę pana, proszę narysować mi baranka...

Oto najlepszy z jego portretów, jaki udało mi się później narysować

Kiedy tajemnica robi na tobie tak wielkie wrażenie, nie ośmielasz się nie usłuchać żądania. Acz wydało mi się to kompletnie absurdalne tutaj, tysiąc mil od wszelkich zamieszkałych miejsc, ze śmiertelnym zagrożeniem wiszącym mi nad głową, wyciągnąłem z kieszeni arkusz papieru i pióro. Ale właśnie w tym momencie przypomniałem sobie, że studiowałem głównie geografię, historię, rachunki i gramatykę, więc wyznałem małemu człowieczkowi (z pewną dozą złego humoru), że nie umiem rysować. A on odpowiedział:

— Nic nie szkodzi. Narysuj mi baranka.

Ponieważ nigdy nie rysowałem baranka, odtworzyłem mu jeden z dwóch rysunków, jakie byłem w stanie zrobić. Rysunek zamkniętego boa. Przeżyłem szok, kiedy usłyszałem odpowiedź małego człowieczka:

— Nie! Nie! Nie chcę słonia w wężu boa. Boa jest bardzo niebezpieczny, bo słoń zajmuje bardzo dużo miejsca. U mnie jest tak ciasno. Potrzebuję baranka. Narysuj mi baranka.

Więc narysowałem.

Przyglądał się z wielką uwagą i rzekł:

— Nie! Ten jest już bardzo chory. Zrób mi innego.

Narysowałem.

Mój przyjaciel uśmiechnął się uprzejmie, z pobłażliwością:

— Nie widzisz — to przecież nie jest baranek, to baran. Z rogami...

Więc znów naszkicowałem dla niego rysunek. Niestety, został odrzucony jak poprzednie:

— Ten jest za stary. Chcę baranka, który jeszcze długo pożyje.

Wówczas straciłem do reszty cierpliwość. Zależało mi na rozpoczęciu demontażu silnika, nabazgrałem więc ten oto szkic. I rzuciłem:

— A to jest skrzynka. Twój upragniony baranek znajduje się w środku.

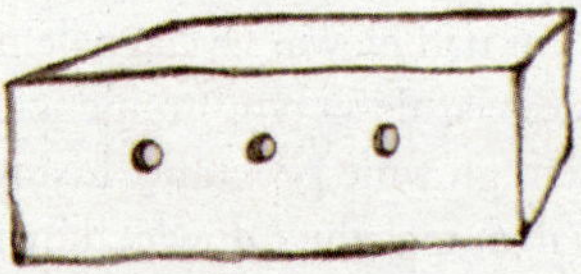

Zdziwiłem się bardzo, gdy twarz mego młodego cenzora rozjaśniła się na ten widok.

— Ależ właśnie o to mi chodziło! Powiedz mi — czy będę potrzebował dla niego dużo siana?

— Dlaczego?

— No, bo wiesz. Mam tak mało miejsca...

— Wystarczy z całą pewnością. Dałem Ci całkiem maluśkiego baranka.

Schylił głowę w stronę obrazka:

— No, nie takiego znowu maluśkiego... Patrz! Usnął.

I w taki oto sposób zawarłem znajomość z Małym Księciem.

III

Potrzebowałem wiele czasu, żeby pojąć, skąd pochodzi Mały Książę, który bez przerwy mnie o coś indagował — sam wydawał się nie słyszeć moich pytań. Jednakże różne przypadkowo wypowiadane słowa naprowadziły mnie stopniowo na całą prawdę.

Na przykład, kiedy zauważył mój samolot po raz pierwszy (nie narysuję mojego samolotu — to rysunek zbyt trudny jak na moje umiejętności), zadał mi pytanie:

— A cóż to za przedmiot?

—To nie jest żaden przedmiot. To lata. Samolot. Mój samolot.

Z dumą powiedziałem mu, że latam. Wówczas wykrzyknął:

— Coś ty! Spadłeś z nieba!

— Tak — odparłem skromnie.

— Ojej, ależ to śmieszne...

I Mały Książę wybuchnął śmiechem, wprawiając mnie w złość, gdyż oczekuję od innych poważnego traktowania moich nieszczęść. Potem dodał:

— A więc i ty pochodzisz z nieba! Z której planety?

Dostrzegłem natychmiast jakąś rozświetloną szparkę w tajemnicy okrywającej jego pojawienie się i szybko zapytałem:

— Pochodzisz nie z tej planety?

Na to jednak nie odpowiedział. Kręcił z wolna głową, przypatrując się samolotowi.

— Prawdę rzekłszy, w takim czymś nie mogłeś przylecieć z daleka.

I popadł w zadumę na dłuższą chwilę. Potem, wyjąwszy mego baranka z kieszeni, zatopił się w kontemplowaniu swego skarbu.

Możecie sobie wyobrazić, jak zaintrygowało mnie jego wyznanie na temat „innych planet". Przeszedłem do ataku z nadzieją, że dowiem się czegoś więcej:

— Skąd pochodzisz, malutki? Gdzie jest to „u ciebie"? Dokąd chcesz zabrać mojego baranka?

Po chwili milczenia wyrwał się z zadumy:

— Dobrze, że dałeś mi tę skrzynkę, bo w nocy przyda mu się na schronienie.

— Oczywiście. A jak będziesz grzeczny, to dam ci jeszcze sznurek do przywiązania go w dzień. I palik.

Ta propozycja wydała się szokująca dla Małego Księcia.

— Do przywiązania? Co za śmieszny pomysł!

— Przecież, jeśli go nie przywiążesz, pójdzie sobie, gdzie go oczy poniosą i zginie...

Mój przyjaciel znów wybuchnął śmiechem.

— Ale dokąd miałby pójść!

— Gdziekolwiek. Przed siebie.

Mały Książę na asteroidzie B 612

Wówczas Mały Książę z wielką powagą zauważył:

— Nic z tego, u mnie jest za mało miejsca!

Po czym dodał głosem zabarwionym odrobiną melancholii:

— Prosto przed siebie nie zajdzie za daleko.

IV

I tak poznałem drugi, ważny fakt: Jego planeta była niewiele większa niż dom! To nie mogło mnie zdziwić. Wiedziałem, że poza wielkimi planetami jak Ziemia, Jowisz, Mars, Wenus, które obdarzono imionami, istnieją setki innych, czasami tak maleńkich, że trudno je dostrzec przez teleskop. Kiedy astronom odkrywa taką planetę, zamiast imienia daje jej jedynie numer. Nazywa ją na przykład: „asteroid 3251". Mam pewne powody, aby podejrzewać, że planeta, z której pochodzi Mały Książę, to asteroid B 612. Pewnemu tureckiemu astronomowi udało się zaledwie raz dostrzec ten asteroid w 1909 roku.

Podczas pewnego Międzynarodowego Kongresu Astronomicznego dokonał on wielkiej prezentacji swego odkrycia. Jednakże nikt mu nie uwierzył, a stało się to za sprawą jego stroju.

Dorosłe osoby mają to do siebie.

Reputację asteroidu B 612 uratował, na szczęście, pewien turecki dyktator, który zmusił swój naród, pod groźbą kary śmierci, do ubierania się na modłę europejską. Astronom ponowił swą prezentację w 1920 roku, występując w bardzo eleganckim stroju. Więc tym razem zdołał wszystkich przekonać.

Opowiedziałem te szczegóły o asteroidzie B 612, powierzając wam jego numer ze względu na dorosłych. Dorośli lubią liczby. Kiedy się im opowiada o nowym przyjacielu, nigdy nie pytają o rzeczy najważniejsze. Nigdy nie zastanawiają się: „Jaki jest timbre* jego głosu? Jakie są jego ulubione zabawy? Czy zbiera motyle?”. Pytają za to: „Ile ma lat? Ilu ma braci? Ile waży? Ile zarabia jego ojciec?”. I dopiero wtedy mogą uznać, że wiedzą o nim wszystko. Jeśli powiesz dorosłym: „Widziałem piękny dom z różowej cegły, z pelargoniami w oknie i gołębiami na dachu...” — nie są nawet w stanie go sobie wyobrazić. Trzeba im to określić: „Widziałem dom za sto tysięcy franków”. Wtedy dopiero wykrzykną: „Jaki śliczny dom!”.

Podobnie, jeśli powiecie dorosłym: „Dowodem istnienia Małego Księcia jest to, że jest zachwycający, śmieje się i życzy sobie baranka. Kiedy ktoś pragnie baranka, stanowi to dowód, że istnieje naprawdę” — wzruszą tylko ramionami i powiedzą ci, żeś dzieciuch! Ale jeśli powiesz dorosłym: „Planeta, z której pochodzi, to asteroid B 612”, to nabiorą zaufania i dadzą Ci spokój, wycofując się z pytań. Tacy już są. I nie można im mieć tego za złe. Dzieci powinny być bardziej wyrozumiałe dla dorosłych. Ale oczywiście ci, którzy jak my znają życie, śmieją się z liczb! Chętnie zacząłbym tę historię na modłę baśniowych opowieści. Powiedziałbym:

* franc. czyt. tębr — ton (przyp. tłum.).

„Pewnego razu był sobie Mały Książę, który mieszkał na planecie niewiele większej od niego samego i który bardzo potrzebował przyjaciela...". W odczuciu znawców życia sprawiałoby to wrażenie prawdziwszej historii.

A przecież nie życzę sobie, żeby ktoś lekko potraktował czytanie mojej książki. Doznaję tyle smutku, opowiadając moje wspomnienia. Upłynęło już sześć lat od chwili, kiedy mój przyjaciel odszedł z barankiem. Usiłuję opisać go tutaj, gdyż może mi to pomóc w zachowaniu go w pamięci. Przykro, kiedy przyjaciel popada w zapomnienie. Nie każdemu udaje się zaznać przyjaźni. A ja mógłbym przecież stać się taki sam jak dorośli, których nie interesuje nic poza liczbami.

Dlatego kupiłem pudełko farbek i kredek. W moim wieku z trudem powraca się do rysowania, kiedy nigdy nie wyszło się poza dokonaną w wieku sześciu lat próbę narysowania otwartego węża boa i zamkniętego węża boa. Będę starał się jak najwierniej odtworzyć portrety. Nie jestem jednak pewny, czy mi się to uda. Jeden rysunek wychodzi całkiem dobrze, a potem następny jest zupełnie niepodobny. Trochę też nie wychodzą mi proporcje. Tutaj Mały Książę jest za duży, a tam — za mały. Waham się także, dobierając kolor jego ubranka. Błądzę po omacku raz tak, raz inaczej, to idzie mi lepiej, to gorzej. Wreszcie zdarza mi się pomylić niektóre ważniejsze szczegóły. Ale to należy mi wybaczyć. Mój przyjaciel nie miał nigdy zwyczaju udzielania wyjaśnień. Być może dostrzegał we mnie podobieństwo do siebie. Niestety, nie należę do ludzi, którzy umieliby dojrzeć baranki poprzez drewniane skrzynki. Niewykluczone, że jest we mnie coś z dorosłego. Chyba się postarzałem.

V

Każdego dnia dowiadywałem się czegoś o planecie, odjeździe, podróży. Powolutku, w miarę słuchania jego uwag. W taki sam sposób trzeciego dnia poznałem dramat baobabów.

I tym razem także zawdzięczałem to barankowi, gdyż nagle Mały Książę rzucił mi pytanie, jakby przejęty ponurą wątpliwością:

— Czy to prawda, że baranki żywią się krzakami?

— Tak, to prawda.

— Och, jak się cieszę!

Nie zrozumiałem wagi, jaką przywiązywał do konsumowania krzewów przez baranki. Lecz Mały Książę dodał:

— To znaczy, że jedzą także baobaby?

Odpowiadając Małemu Księciu, zauważyłem, że baobaby nie są krzakami, lecz drzewami wielkości kościołów, i że choćby przyszło stado słoni, nie zdołałoby zjeść do końca nawet jednego z baobabów. Na myśl o stadzie słoni Mały Książę roześmiał się:

— Trzeba by je poustawiać jedne na drugich.

Po czym dodał błyskotliwie:

— Zanim takie baobaby urosną, są malutkie.

— Zgadza się! Ale dlaczego chcesz, żeby twoje baranki zjadły młode baobaby?

Odpowiedział: „No cóż! No wiesz!", jakby chodziło o coś zupełnie oczywistego. Musiałem naprawdę wysilić inteligencję, żeby samemu pojąć ten problem.

A na planecie Małego Księcia, jak na każdej innej planecie, rosły dobre i złe roślinki. Co za tym idzie, dobre ziarenka z dobrych roślin i złe ze złych. Lecz ziarenka są niewidoczne. Drzemią w tajemnicy ziemi, aż któremuś z nich przyjdzie do głowy pomysł obudzenia się. Więc przeciąga się i najpierw wypuszcza nieśmiało ku słońcu zachwycającą bezbronną roślinkę. Jeśli to łodyżka rzodkiewki czy róży, to może sobie rosnąć do woli. Ale jeśli mamy do czynienia z chwastem, trzeba go usunąć natychmiast po jego rozpoznaniu. A na planecie Małego Księcia rosły straszne ziarenka... Były to ziarna baobabu. Ziemia planety była przesiąknięta nimi jak robactwem. Jeśli zagapisz się, nigdy nie pozbędziesz się baobabu. Zachwaści całą planetę. Podziurawi swoimi korzeniami. A jeśli planeta jest zbyt mała, a baobaby nader liczne, może dojść do jej rozerwania na strzępy.

„To kwestia dyscypliny" — powiedział mi później Mały Książę. „Po skończeniu porannej toalety należy zadbać o czystość planety. Trzeba regularnie wyrywać baobaby, jak tylko dadzą się odróżnić od krzaków róż, do których na początku są bardzo podobne. To nudna praca, aczkolwiek bardzo łatwa". A pewnego dnia poradził mi, żebym przyłożył się i ładnie naszkicował to, co powinno dotrzeć do główek dzieci w moim kraju.

— Jeśli pewnego dnia udadzą się w podróż — powiedział — to może im się przydać. Czasami udaje się bez problemów odłożyć wykonanie na później. Ale z baobabami to katastrofa. Widziałem taką planetę, zamieszkaną przez leniucha. Zlekceważył trzy krzaczki...

I pod dyktando Małego Księcia narysowałem tę planetę. Nie cierpię przybierać tonu moralizatorskiego. Jednakże niebezpieczeństwo związane z baobabami jest tak mało znane, a ryzyko osoby zagubionej na asteroidzie tak olbrzymie, że zrezygnowałem z rezerwy i krzyczę: „Dzieci! Strzeżcie się baobabów!". Aby ostrzec przyjaciół przed niebezpieczeństwem, o które ocierają się od dawna zupełnie nieświadomie, podobnie jak ja, bardzo dopracowałem ten rysunek.

Baobaby

Lekcja, jakiej udzielałem, była tego warta. Być może zadacie sobie pytanie: Dlaczego nie ma w tej książce innych ilustracji tak wspaniałych jak rysunek baobabów? Odpowiedź jest bardzo prosta: próbowałem, ale nie udały mi się. Kiedy rysowałem baobab, inspirowała mnie świadomość konieczności natychmiastowego działania.

VI

Och, Mały Książę, stopniowo pojąłem, na czym polega melancholia twego życia. Przez długi czas twoją jedyną rozrywką była słodycz zachodu słońca. Ten nowy szczegół poznałem rankiem czwartego dnia, kiedy powiedziałeś:

— Przepadam za zachodami słońca. Chodźmy popatrzeć na zachód słońca.

— Ależ musimy na niego poczekać.

— Poczekać na co?

— Poczekać, aż słońce zacznie zachodzić.

Najpierw sprawiałeś wrażenie zdziwionego, a potem zaśmiałeś się z siebie samego. I powiedziałeś:

— Zawsze wydaje mi się, że jestem u siebie! Rzeczywiście, kiedy w Stanach Zjednoczonych jest południe, jak wiemy, słońce zachodzi we Francji. Wystarczyłoby dotrzeć w ciągu minuty do Francji, żeby popatrzeć, jak słońce udaje się na spoczynek. Niestety, Francja jest za daleko. Ale na twojej maleńkiej planecie wystarczy, żebyś przesunął krzesło o kilka metrów. I możesz do woli oglądać nadejście zmierzchu.

— Pewnego dnia widziałem zachód słońca czterdzieści trzy razy.

A trochę później dorzuciłeś:

— Wiesz... kiedy przepełnia cię taki smutek, zachód słońca jest tak piękny.

— A więc w dniu czterdziestotrzykrotnym byłeś tak bardzo markotny?

Mały Książę nie odpowiedział.

VII

Piątego dnia, znów dzięki barankowi, odkryłem sekret z życia Małego Księcia. Zapytał mnie z pośpiechem, bez wstępu, jakby rzucając we mnie owocem długiej, milczącej medytacji:

— Jeśli baranek je krzewy, to czy lubi też kwiaty?

— Baranek je wszystko, co napotka.

— Nawet kwiaty z cierniami?

— Tak. Ciernie kwiaty także.

— A te ciernie służą do czegoś?

Tego nie wiedziałem. W tym momencie byłem bardzo zajęty kolejnymi próbami odkręcenia pewnej śruby zbyt mocno przymocowanej do silnika. Zmartwiony uszkodzeniem, które okazywało się coraz poważniejsze, i myśląc o wyczerpujących się zapasach wody, obawiałem się najgorszego.

— Do czego służą ciernie?

Mały Książę nigdy nie rezygnował z raz zadanego pytania. Poirytowany śrubą odparłem bez zastanowienia:

— Ciernie nie służą do niczego, to czysty przejaw złośliwości kwiatów!

— Och!

Ale po chwili rzucił mi z urazą:

— Nie wierzę ci! Kwiaty są słabe. Naiwne. Usiłują dodać sobie pewności siebie. Ufają, że dzięki cierniom staną się groźniejsze.

Nie odpowiedziałem. W owej chwili powiedziałem sobie: „Jeśli ta śruba nie przestanie się opierać, usunę ją jednym uderzeniem młota”.

Mały Książę ponownie zakłócił moje rozmyślania:

— A ty uważasz, że kwiaty....

— Ależ nie! Ależ nie! Wcale tak nie uważam.

Odpowiedziałem byle co. Ja zajmuję się poważnymi sprawami!

Popatrzył na mnie zdumiony.

— Poważnymi sprawami?

Widział mnie pochylonego nad jakimś, bardzo dla niego brzydkim przedmiotem, z młotem w dłoni i z palcami utytłanymi smarem.

— Mówisz zupełnie jak dorośli!

Trochę mnie to zawstydziło. Ale on kontynuował bezlitośnie:

— Wszystko mylisz... kręcisz wszystko!

Był naprawdę poirytowany. Jego pełne złota włosy poddawały się wiatrowi, gdy potrząsał głową:

— Znam planetę, gdzie mieszka pewien purpurowy Pan. Nigdy nie udało mu się powąchać kwiatka, popatrzeć na gwiazdę, pokochać kogoś. Jego jedynym zajęciem jest dodawanie. I cały dzień powtarza zupełnie jak ty: „Jestem poważnym człowiekiem! Jestem poważnym człowiekiem!”. I mówiąc to, nadyma się z dumy. Ale to nie człowiek, lecz grzybek!

— Grzy... co?

— Grzybek!

Mały Książę aż zbladł ze złości.

— Od milionów lat kwiaty wytwarzają ciernie. Od milionów lat mimo cierni baranki zjadają te kwiaty. I uważasz, że niepoważne jest poszukiwanie odpowiedzi na pytanie, dlaczego tak się wysilają i produkują ciernie, które nie służą do żadnego celu? Wojna baranków

z kwiatami nie ma znaczenia? To nie ma więcej wagi i znaczenia, niż dodawanie w wykonaniu grubego, purpurowego Pana? A jeśli znam pewien niepowtarzalny kwiat, który poza moją planetą nie występuje nigdzie na świecie, a którego mały baranek może zniszczyć w okamgnieniu, ot tak, pewnego ranka, nie zdając sobie nawet sprawy z tego, co robi, czyż to nie jest istotne?

Zaczerwienił się, a potem kontynuował:

— Jeśli ukochasz kwiat, który istnieje w jedynym egzemplarzu pośród milionów gwiazd, to patrząc na niego, czujesz się szczęśliwy. Mówisz sobie: „ Mój kwiat jest gdzieś tam...". Lecz jeśli baranek zje ten kwiat, wówczas nagle wszystkie gwiazdy zgasną! I to nie jest ważne?!

Nie był w stanie powiedzieć nic więcej. Nagle wybuchnął płaczem. Zapadła noc. Porzuciłem narzędzia. Mój młotek, śruba, pragnienie i śmierć straciły znaczenie. Na pewnej gwieździe, planecie, na mojej planecie Ziemi, Mały Książę potrzebował pociechy! Wziąłem go w ramiona. Ukołysałem go i powiedziałem:

— Kwiat, który kochasz, nie jest zagrożony... Barankowi narysuję kaganiec, a kwiatkowi dla ochrony przed barankiem dam klosz. Narysuję ogrodzenie wokół twego kwiatu.

Nie bardzo wiedziałem, co powiedzieć. Czułem się bardzo niezręcznie. Nie wiedziałem, jak do niego dotrzeć, jak mu współczuć... Świat łez jest tak bardzo tajemniczy.

VIII

Szybko zacząłem poznawać bliżej ten kwiat. Na planecie Małego Księcia było zawsze dużo zwykłych kwiatów, ozdobionych pojedynczym rzędem płatków, które ani nie zajmowały wiele miejsca, ani nikomu nie przeszkadzały.

Pojawiały się naraz w trawie, a potem gasły wieczorem. Ta Róża rozwinęła się pewnego dnia, niespodziewanie, z ziarenka przygnanego

nie wiadomo skąd, i Mały Książę przyglądał się z bliska łodyżce, która była zupełnie niepodobna do innych. Mógł to być nowy rodzaj baobabu. Ale krzaczek szybko przestał się rozwijać i zaczął wypuszczać kwiatek. Mały Książę, asystując przy wzrastaniu olbrzymiego pączka, czuł w głębi duszy, że wyłoni się z niego jakieś cudowne zjawisko. Lecz Róża ustawicznie kontynuowała we wnętrzu swą toaletę, upiększała się w zielonej komnacie. Dobierała starannie kolory. Ubierała się powoli, dopasowywała kolejne płatki. Nie chciała wychylić się na zewnątrz pomarszczona, jak jakiś mak. Zdecydowała się na pojawienie w pełnym blasku swej urody. Och, tak. Była pełna kokieterii! Jej tajemnicza toaleta trwała wiele dni, a potem nastąpił ten ranek, akurat w momencie, gdy wschodziło słońce, kiedy Róża się pokazała. Pomimo długotrwałych, precyzyjnych zabiegów powiedziała, ziewając:

— Budzę się z takim trudem... Proszę o wybaczenie... Jestem jeszcze całkiem potargana.

Mały Książę nie mógł powstrzymać swego podziwu:

— Ależ Pani jest piękna!

— Prawda — odpowiedziała Róża ze słodyczą. — I do tego urodziłam się równocześnie ze słońcem...

Mały Książę dobrze odgadł, że Róża nie jest zbyt skromna, ale była przecież taka wzruszająca!

— To chyba pora na śniadanie — dodała wkrótce — czy byłby Pan tak miły, żeby pomyśleć i o mnie...

Więc Mały Książę, nieco zażenowany, odszukał konewkę ze świeżą wodą i obsłużył Różę.

Wkrótce zaczęła zamęczać go swą nieco naburmuszoną próżnością. Na przykład pewnego dnia, mówiąc o swych czterech kolcach, rzekła do Małego Księcia:

— Jeśli o mnie chodzi, mogą tu przyjść nawet tygrysy z groźnymi pazurami!

— Na mojej planecie nie ma tygrysów — zaoponował Mały Książę — a poza tym tygrysy nie jedzą trawy.

— Nie jestem trawą — odparła słodko Róża.

— Proszę, niech Pani mi wybaczy...

— Nie obawiam się zresztą wcale tygrysów, natomiast jestem bardzo wrażliwa na przeciągi. Czy nie ma Pan czasem parawanu?

„Bardzo wrażliwa na przeciągi... to fatalne dla roślinki — zauważył Mały Książę. — Ta Róża jest bardzo skomplikowana".

— Wieczorem proszę okryć mnie kloszem. Strasznie tu u Pana zimno. Niezbyt korzystna jest ta lokalizacja. Tam, skąd pochodzę...

W tym miejscu zamilkła. Przybyła pod postacią ziarenka. Nie znała żadnego innego miejsca. Upokorzona, zdawszy sobie sprawę z tego jak naiwnie próbowała przemycić kłamstwo, zakaszlała dwa lub trzy razy i zdecydowała wywołać w Małym Księciu poczucie winy:

— A więc co z tym parawanem?

— Chciałem już po niego iść, ale Pani zaczęła do mnie mówić!

Zmusiła się więc ponownie do kaszlu, aby wzbudzić w nim wyrzuty sumienia.

Dlatego też Mały Książę szybko w nią zwątpił, mimo dobrej woli i miłości. Wziął na serio słowa pozbawione znaczenia i to go bardzo unieszczęśliwiło.

— Nie powinienem był jej słuchać —

wyznał mi pewnego dnia. — Nie należy nigdy podporządkowywać się kwiatom. Są tylko do oglądania i wąchania. Moja Róża napełniła wonnością moją planetę, ale ja nie umiałem się tym cieszyć. Ta historyjka o pazurach, która tak mnie zmartwiła, powinna była mnie wzruszyć...

I dodał jeszcze:

— Niczego nie zdołałem wówczas pojąć! Powinienem był oceniać ją według czynów, nie zaś według słów. Ogarniała mnie swym zapachem i blaskiem. Nie powinienem był nigdy uciekać! Dlaczegóż nie odgadłem czułości ukrytej w jej drobnych podstępach. Kwiaty są tak pełne sprzeczności! Byłem zbyt młody, żeby umieć ją kochać!

IX

Myślę, że do ucieczki wykorzystał przeloty dzikich ptaków. Rankiem przed odjazdem posprzątał swoją planetę. Przeczyścił starannie kominy czynnych wulkanów. Posiadał dwa czynne wulkany, co zapewniało mu dużą wygodę, gdy zapragnął rano gorącego śniadania. Posiadał także jeden wygasły wulkan. Ale ponieważ głosił dewizę: „Nigdy nic nie wiadomo" — wyczyścił więc także wulkan nieczynny. Kiedy czyści się kominy regularnie, wulkany płoną równym, łagodnym ogniem, bez wybuchów. Wybuchy wulkaniczne są zupełnie jak ogień w piecu. No oczywiście, że Ziemianie są zbyt mali w stosunku do Ziemi, aby i tutaj możliwe było czyszczenie kominów wulkanów. Dlatego powodują tak wielkie kłopoty.

Mały Książę wyrwał także, z pewną melancholią, ostatnie pędy baobabu. Myślał, że już nigdy tu nie powróci. I tego ranka te wszystkie prace wydały mu się nadzwyczaj lekkie. A kiedy po raz ostatni podlał Różę i poczynił przygotowania do ukrycia jej pod kloszem, poczuł nagły przypływ łez.

— Żegnaj — powiedział do Róży.

Ale ona mu nie odpowiedziała.

— Żegnaj — powtórzył.

Róża zakaszlała. Ale tym razem nie było to spowodowane przeziębieniem.

Przeczyścił starannie swoje czynne wulkany

— Byłam niemądra — odpowiedziała mu wreszcie. — Proszę, wybacz mi. Życzę ci szczęścia.

Zdziwił go ten brak wymówek. Stał tak, zbity z tropu, kurczowo trzymając się klosza. Nie pojmował tej spokojnej słodyczy.

— Ależ oczywiście, kocham cię — powiedziała Róża. — Nie domyślałeś się nawet tego, z mojej własnej winy. Ale to nie ma żadnego znaczenia. Chociaż sam byłeś równie niemądry, co ja. Staraj się być szczęśliwy. I zostaw ten klosz w spokoju. Nie będę go już potrzebować.

— A wiatr...

— Nie jestem aż tak przeziębiona... Świeże, nocne powietrze dobrze mi zrobi. Jestem przecież kwiatem.

— Ale szkodniki...

— Muszę znieść tę czy ową gąsienicę, skoro pragnę ujrzeć motyle. Słyszałam, że są tak piękne. Zresztą, jeśli nie one, to kto mnie odwiedzi? Ty będziesz daleko. Zaś dużych stworzeń się nie boję. Mam przecież ostre pazury.

I pokazała naiwnie swoje cztery kolce. A potem dorzuciła:

— Nie przeciągaj pożegnania, bo to męczące. Zdecydowałeś się odejść, to idź.

Ponieważ nie chciała, żeby zobaczył, jak płacze. Tak pełna dumy była Róża.

X

W okolicy znajdowały się asteroidy 325, 326, 327, 328, 329 i 330. Zaczął je odwiedzać w poszukiwaniu zajęcia i nauki.

Na pierwszej mieszkał Król. Zasiadał on ubrany w purpurę i gronostaje na tronie, który był z jednej strony prosty, lecz jednocześnie majestatyczny.

— Och! Oto poddany! — wykrzyknął Król, zauważywszy Małego Księcia. A Mały Książę zadał sobie pytanie:

— Jakim sposobem rozpoznał mnie, skoro nigdy mnie nie widział?

Nie wiedział, że z punktu widzenia królów świat jest bardzo uproszczony. Wszyscy ludzie stanowią dla nich poddanych.

— Zbliż się, żebym mógł ci się lepiej przyjrzeć — rzekł do niego Król przepojony dumą, że oto nareszcie będzie Królem dla kogoś.

Mały Książę poszukał wzrokiem odpowiedniego miejsca, żeby usiąść, ale cała planeta była zasłana wspaniałym, gronostajowym płaszczem. Zrezygnowany stał nadal, choć ziewał ze zmęczenia.

— Etykieta nie pozwala na ziewanie w obecności króla — rzekł do niego monarcha. — Zabraniam ci tego.

— Nie potrafię się powstrzymać — odparł Mały Książę zawstydzony. — Odbyłem długą podróż, nie śpiąc.

— A więc — powiedział Król — nakazuję ci ziewanie. Nie widziałem ziewania w niczyim wykonaniu przez wiele lat. To dla mnie rzeczy ciekawe. No, dalej! Ziewnij jeszcze, to rozkaz.

— To mnie onieśmiela... już nie mogę... — powiedział Mały Książę, rumieniąc się.

— Hm, hmm! — zamyślił się Król. — A więc... rozkazuję ci na zmianę ziewać i...

Trochę bełkotał w zdenerwowaniu.

Bo Królowi szczególnie zależało na tym, żeby szanowano jego autorytet. Nie tolerował nieposłuszeństwa. Był to monarcha absolutny. Ale ponieważ był dobry, wydawał rozsądne rozkazy.

— Gdybym polecił — zwykł mówić — gdybym polecił generałowi przybrać postać morskiego ptaka, a generał nie wykonałby rozkazu, to nie byłaby to wina generała. Byłaby to moja wina.

— Czy mógłbym usiąść? — spytał nieśmiało Mały Książę.

— Rozkazuję ci zająć miejsce — odpowiedział Król, usuwając majestatycznym gestem rąbek swojego gronostajowego płaszcza.

Zaś Mały Książę zdziwił się. Planeta była maleńka. Nad czym Król mógł sprawować rządy?

— Wasza Królewska Mość — rzekł — proszę wybaczyć, że ośmielam się pytać...

— Rozkazuję ci pytać — rzekł pośpiesznie Król.

— Nad czym Wasza Królewska Mość panuje?

— Nad wszystkim — odparł Król z niekłamaną skromnością.

— Nad wszystkim?

Król dyskretnym gestem wskazał planetę, inne planety i gwiazdy.

— Nad tym wszystkim? — rzekł Mały Książę.

— Nad tym wszystkim — odparł Król.

Bo monarcha ten był nie tylko władcą absolutnym, ale i powszechnym.

— A gwiazdy są Panu posłuszne?

— Oczywiście — rzekł Król. — Wykonują polecenia natychmiast. Nie toleruję braku dyscypliny.

Ogrom tej władzy zachwycił Małego Księcia. Gdyby sam ją posiadł, mógłby przeżywać nie tylko czterdzieści cztery, lecz siedemdziesiąt dwa lub nawet sto, czy może wręcz dwieście zachodów słońca jednego dnia i to bez konieczności przesuwania krzesła!

A ponieważ poczuł się trochę zasmucony na wspomnienie swej opustoszałej, malutkiej planety, zebrał się na odwagę i ośmielił się poprosić Króla o przysługę:

— Chciałbym ujrzeć zachód słońca... Czy zechciałby Pan zrobić mi przyjemność... Proszę rozkazać słońcu, aby schyliło się ku zachodowi...

— Gdybym rozkazał generałowi, żeby jak motylek przeleciał z kwiatka na kwiatek lub żeby napisał tragedię, albo przybrał postać morskiego ptaka, a on nie wykonałby otrzymanego rozkazu, który z nas ponosiłby za to winę?

— Pan — powiedział stanowczo Mały Książę.

— Zgadza się. Od każdego należy wymagać tylko tego, co może dać — kontynuował Król. — Autorytet opiera się przede wszystkim na rozsądku. Jeśli rozkażesz swojemu ludowi rzucić się do morza, sprowokujesz rewolucję. Mam prawo wymagać posłuszeństwa, gdyż moje rozkazy są rozsądne.

— A więc co z moim zachodem słońca? — przypomniał Mały Książę, który nigdy nie zapominał o raz wypowiedzianej prośbie.

— Będziesz miał swój zachód słońca. Wydam polecenie. Jednakże, zgodnie z zasadami rządzenia, poczekam na korzystniejszy moment.

— A kiedy to nastąpi? — drążył Mały Książę.

— Hm, hm! — odpowiedział mu Król, który najpierw coś sprawdził w wielkim kalendarzu. — Hm, hm! To będzie dziś wieczorem około godziny siódmej czterdzieści! I zobaczysz, jakie okazują mi posłuszeństwo.

Mały Książę ziewnął. Żałował zachodu słońca, ale był już nieco znudzony.

— Nie mam tu już nic więcej do roboty — rzekł do Króla. — Odchodzę!

— Nie odchodź — odpowiedział Król, który nabrał już dumy z posiadania poddanego. — Nie odchodź, mianuję Cię ministrem!

— Ministrem czego?

— Ministrem spraw... spraw... sprawiedliwości!

— Ale tu nie ma kogo sądzić!

— Nigdy nic nie wiadomo — zareplikował Król. — Nie obszedłem jeszcze całego mojego królestwa. Jestem bardzo stary, nie mam dosyć miejsca na karocę, a chodzenie pieszo to dla mnie wielka fatyga.

— Och! Ale ja już wszystko widziałem — powiedział Mały Książę, pochyliwszy się, aby rzucić jeszcze okiem na drugą stronę planety. — Tam także nie ma nikogo...

— A więc osądzisz sam siebie — odpowiedział Król. — To jest najtrudniejsze. O wiele trudniej osądzić samego siebie niż kogoś innego. Jeśli zdołasz prawidłowo się ocenić, oznaczać to będzie, że jesteś prawdziwym mędrcem.

— Ja — rzekł Mały Książę — ja mogę osądzić siebie samego gdziekolwiek. Nie potrzebuję tu dłużej pozostawać.

— Hm, hm! — rzekł Król. — Myślę, że na mojej planecie żyje gdzieś stary szczur. Słyszę go nocami. Mógłbyś osądzić tego szczura. Skazywałbyś go od czasu do czasu na śmierć. Tym sposobem jego życie zależałoby od twej sprawiedliwości. Lecz za każdym razem stosowałbyś wobec niego prawo łaski, aby go oszczędzić, gdyż jest tylko jeden.

— Ja — odrzekł Mały Książę — nie lubię skazywać na śmierć, a poza tym myślę, że już sobie pójdę.

— Nie — powiedział Król.

Lecz Mały Książę, ukończywszy swe przygotowania, nie chciał sprawiać zawodu staremu monarsze.

— Jeśli Wasza Królewska Mość rzeczywiście oczekuje posłuszeństwa, proszę wydać mi rozsądne polecenie. Proszę mi, na przykład, rozkazać, żebym odszedł w ciągu minuty. Zdaje mi się, że warunki są idealne...

Ponieważ Król nie zareagował, Mały Książę najpierw zawahał się, a potem z westchnieniem udał się w drogę.

— Zrobię cię moim ambasadorem! — pośpiesznie wykrzyknął Król.

Sprawiał przy tym wrażenie osoby o wielkim autorytecie.

— Dorośli są bardzo dziwni — powiedział do siebie Mały Książę, kontynuując swoją podróż.

XI

Drugą planetę zamieszkiwał Człowiek Próżny.

— Och! Nareszcie składa mi wizytę wielbiciel! — wykrzyknął z daleka Człowiek Próżny na widok Małego Księcia.

Ponieważ dla Próżnych wszyscy pozostali ludzie jawią się ich wielbicielami.

— Dzień dobry — rzekł Mały Książę. — Ma Pan śmieszny kapelusz.

— Potrzebuję go do pozdrawiania — odparł Próżny. — Do pozdrawiania tłumów, w odpowiedzi na oklaski. Na nieszczęście nigdy nikt tędy nie przechodzi.

— Och tak? — zareagował Mały Książę, który nie pojął, o co chodzi.

— Uderz jedną dłonią w drugą — poradził mu więc Próżny.

Mały Książę uderzył więc dłonią w dłoń. Próżny pozdrowił go skromnie, unosząc z lekka swój kapelusz.

— To jest zabawniejsze, niż odwiedziny u Króla — rzekł do siebie Mały Książę.

I ponownie zaklaskał. Próżny ponownie pozdrowił go, uchylając rąbka kapelusza. Po pięciu minutach ćwiczeń Mały Książę zmęczył się tą monotonną zabawą.

— A co trzeba zrobić, żeby kapelusz spadł? — spytał.

Ale Próżny go nie usłyszał. Próżny nigdy nie przyjmował do wiadomości niczego oprócz hymnów pochwalnych.

— Czy to prawda, że bardzo mnie podziwiasz? — spytał Małego Księcia.

— A co to znaczy „podziwiać"?

— „Podziwiać" znaczy uznać, że jestem najpiękniejszym, najlepiej ubranym, najbogatszym i najbardziej inteligentnym człowiekiem planety.

— Ale ty przecież jesteś sam na planecie!

— Zrób mi przyjemność i podziwiaj mnie mimo to!

— Podziwiam cię — rzekł Mały Książę, nieco wzruszając ramionami — ale do czego może być ci to potrzebne?

I Mały Książę poszedł sobie. „Dorośli są zdecydowanie bardzo dziwni" — myślał w duchu w czasie dalszej podróży.

XII

Następną planetę zamieszkiwał Pijak.

Wizyta tutaj była krótka, lecz pogrążyła Małego Księcia w wielkim smutku.

— Co tu robisz? — zapytał Pijaka, którego zastał siedzącego przed baterią pustych i baterią pełnych butelek.

— Piję — odparł Pijak ponurym tonem.

— Dlaczego pijesz? — spytał go Mały Książę.

— Żeby zapomnieć — odrzekł Pijak.

— Żeby zapomnieć co? — zaniepokoił się Mały Książę, któremu zrobiło się go żal.

— Żeby zapomnieć, że mi wstyd — przyznał się Pijak, schylając głowę.

— Wstyd z jakiego powodu? — chciał wiedzieć Mały Książę, gdyż pragnął mu pomóc.

— Wstyd, że piję! — zakończył rozmowę Pijak i definitywnie pogrążył się w milczeniu.

A Mały Książę odszedł zszokowany.

„Dorośli są naprawdę bardzo, bardzo dziwni" — myślał sobie w czasie dalszej podróży.

XIII

Czwarta planeta należała do Biznesmena. Człowiek ten był tak zajęty, że nawet nie podniósł głowy, gdy nadszedł Mały Książę.

— Dzień dobry — powiedział ten ostatni. — Zgasł Panu papieros.

— Trzy plus dwa jest pięć. Pięć i siedem dwanaście. Dwanaście i trzy piętnaście. Dzień dobry. Piętnaście i siedem dwadzieścia dwa. Dwadzieścia dwa i sześć dwadzieścia osiem. Nie mam kiedy zapalić. Dwadzieścia sześć i pięć trzydzieści jeden. Uf! A więc razem jest pięćset jeden milionów sześćset dwadzieścia dwa tysiące siedemset trzydzieści jeden.

— Pięćset milionów czego?

— Co? Jeszcze tu jesteś? Pięćset jeden milionów tego... Sam już nie wiem czego... Mam tyle pracy! Jestem poważnym człowiekiem, nie zajmuję się głupstwami! Dwa plus pięć siedem...

— Pięćset jeden milionów czego? — powtórzył Mały Książę, który nigdy w życiu nie zrezygnował z uzyskania odpowiedzi na raz zadane pytanie.

Biznesmen podniósł głowę.

— W ciągu pięćdziesięciu czterech lat mego mieszkania na tej planecie przeszkadzano mi zaledwie trzykrotnie. Za pierwszym razem był to chrząszcz, który dwadzieścia dwa lata temu spadł tutaj,

Bóg jeden raczy wiedzieć skąd. Robił straszliwy hałas i popełniłem cztery omyłki w dodawaniu. Za drugim razem, jedenaście lat temu, przeszkodził mi atak reumatyzmu. Mam mało ruchu. Nie mam czasu na spacery. Jestem poważnym człowiekiem. Za trzecim razem — no właśnie! Jak więc mówiłem, pięćset jeden milionów.

— Milionów czego?

Biznesmen pojął, że nie ma żadnej nadziei na odzyskanie spokoju.

— Milionów tych małych rzeczy, które widuje się czasami na niebie.

— Much?

— Ależ nie, małych rzeczy, które błyszczą.

— Pszczół?

— Ależ nie. Małych, złotych przedmiocików, które powodują, że leniuchy pogrążają się w marzeniach. Ale ja jestem poważnym człowiekiem. Nie mam czasu na marzenia.

— Aha, gwiazd!

— O, tak właśnie. Gwiazd.

— I cóż takiego robisz z pięciuset milionami gwiazd?

— Pięćset jeden milionów sześćset dwadzieścia dwa tysiące siedemset trzydzieści jeden. Jestem poważnym i precyzyjnym człowiekiem.

— I cóż robisz z tymi gwiazdami?

— Co z nimi robię?

— Tak.

— Nic. Posiadam je.

— Posiadasz gwiazdy?

— Tak.

— Widziałem już Króla, który...

— Królowie nie posiadają. Oni rządzą, a to zupełnie co innego.

— A do czego służy ci to posiadanie gwiazd?

— To mi służy do osiągania bogactwa.

— A co masz z bogactwa?

— Mogę kupić więcej gwiazd, o ile ktoś je odkryje.

„Ten — pomyślał Mały Książę — rozumuje prawie tak, jak mój pijaczek". Jednakże zadał jeszcze dodatkowe pytania:

— W jaki sposób można posiąść gwiazdy?

— A do kogo one należą? — zripostował urażony Biznesmen.

— Nie wiem. Do nikogo.

— A więc należą do mnie, bo pierwszy o tym pomyślałem.

— To wystarczy?

— Oczywiście. Kiedy znajdziesz diament, który nie należy do nikogo, staje się twój. Kiedy odkryjesz nienależącą do nikogo wyspę, możesz ją posiąść. Kiedy jesteś pierwszą osobą, której przyjdzie do głowy jakiś pomysł, możesz go opatentować — jest twój. A ja posiadam gwiazdy, ponieważ nikt przede mną nie pomyślał, żeby je przejąć na własność.

— Tak, to prawda — rzekł Mały Książę. — A co z nimi robisz?

— Rządzę nimi. Liczę je bez przerwy i przeliczam od początku — powiedział Biznesmen. — To trudne. Ale jestem przecież poważnym człowiekiem.

Mały Książę nie był jeszcze usatysfakcjonowany.

— Jeśli ja mam szalik, mogę owinąć sobie nim szyję i go nosić. Jeśli posiadam kwiat, mogę go zerwać i sobie wziąć. A ty nie możesz zerwać gwiazd!

— Nie, ale mogę je umieścić w banku.

— Co to znaczy?

— To znaczy, że napiszę na kartce papieru liczbę moich gwiazd. A potem zamknę ten papier na klucz w szufladzie.

— I to wszystko?

— To wystarczy!

„To zabawne — pomyślał Mały Książę. — To dość poetyckie, lecz nie jest to bardzo poważne". Jeśli chodzi o sprawy poważne, Mały Książę miał poglądy zupełnie inne niż dorośli.

— Ja — powiedział wreszcie — posiadam kwiat, który codziennie podlewam. Posiadam trzy wulkany, które co tydzień przeczyszczam. Czyszczę także ten, który już wygasł. Bowiem nigdy nic nie wiadomo. Posiadając je, przydaję się i moim wulkanom, i mojemu kwiatkowi. Ale ty nie przynosisz żadnego pożytku gwiazdom...

Biznesmen otworzył usta, ale nie znalazł żadnego słowa nadającego się na odpowiedź, a Mały Książę poszedł sobie.

„Dorośli są zdecydowanie niezwykli" — myślał sobie w duchu w czasie dalszej podróży.

XIV

Piąta planeta była bardzo interesująca. Była z nich wszystkich najmniejsza. Miejsca było na niej w sam raz na uliczną latarnię i latarnika. Mały Książę nie był w stanie pojąć, do czego mogli służyć latarnik z latarnią uliczną gdzieś w przestworzach, na planecie bez domów i mieszkańców. Jednakże pomyślał:

„Być może dobrze, że ten człowiek jest absurdalny. Aczkolwiek nie tak absurdalny jak Król, Próżny, Biznesmen czy Pijak. Przynajmniej jego praca ma jakiś sens. Kiedy zapala swą latarnię, to jakby za jego sprawą rodziła się następna gwiazda lub nowy kwiat. Wygaszenie latarni usypia kwiat czy gwiazdę. To bardzo ładne zajęcie. To naprawdę pożyteczne, bo to jest ładne".

Wylądowawszy na planecie, pozdrowił Latarnika z szacunkiem.

— Dzień dobry. Dlaczego właśnie zgasiłeś latarnię?

— Taką mam instrukcję — odparł Latarnik. — Dzień dobry.

— Co to jest „instrukcja"?

— Że należy zgasić moją latarnię. Dobranoc.

I ponownie ją zapalił.

— Ale dlaczego teraz ją znów zapaliłeś?

— Taką mam instrukcję — odparł Latarnik.

— Nic nie rozumiem — przyznał Mały Książę.

— A co tu jest do rozumienia — powiedział Latarnik. — Instrukcje to instrukcje. Dzień dobry.

I zgasił latarnię.

Potem obtarł czoło chusteczką w czerwone kwadraciki.

— Mam tu okropną pracę. Kiedyś była sensowna. Gasiłem rano, a zapalałem wieczorem. Miałem resztę dnia na odpoczynek, a resztę nocy na sen.

— Instrukcję zmieniono od owego czasu?

— Instrukcja nie została zmieniona — rzekł Latarnik. — Na tym polega dramat! Instrukcja nie zmieniła się, a planeta z roku na rok obraca się coraz szybciej.

— No i? — spytał Mały Książę.

— No i teraz, kiedy obraca się raz na minutę, nie mam już ani sekundy odpoczynku. Zapalam i gaszę raz na minutę.

— Ależ to śmieszne! Dzień trwa u ciebie jedną minutę!

— To nie jest wcale zabawne — rzekł Latarnik. — Nasza rozmowa trwa już miesiąc.

— Miesiąc?

— Tak. Trzydzieści minut. Trzydzieści dni. Dobranoc.

I znów zapalił latarnię.

Mały Książę poczuł, że polubił tego Latarnika, tak oddanego swym instrukcjom. Wspomniał zachody słońca, których poszukiwał swego czasu, przesuwając się z krzesłem. Chciał być pomocny nowemu przyjacielowi.

— Wiesz... Wiem, co zrobić, żebyś mógł odpoczywać, kiedy zechcesz...

— Cały czas tego chcę — rzekł Latarnik.

Bowiem można być jednocześnie oddanym pracy i leniwym.

Mały Książę kontynuował:

Mam tu okropną pracę

— Twoja planeta jest tak mała, że trzema krokami możesz ją obejść. Musisz maszerować dosyć wolno, aby stale znajdować się w słońcu. Kiedy będziesz chciał odpocząć, będziesz maszerować... A dzień będzie trwał tak długo, jak zechcesz.

— To da mi niewielką korzyść — rzekł Latarnik. — Sen jest tym, co kocham najbardziej w życiu.

— To pech — powiedział Mały Książę.

— To pech — zgodził się Latarnik. — Dzień dobry.

I zgasił swą latarnię.

„Ten z nich — mówił sobie w duchu Mały Książę, idąc dalej w drogę — ten z nich zostałby wzgardzony przez wszystkich pozostałych: Króla, Próżnego, Pijaka i Biznesmena. Jednakże jedynie on nie wydaje mi się śmieszny. Może dlatego, że zajmuje się czymś innym, nie tylko samym sobą".

Westchnął z żalem i pomyślał jeszcze:

„Ten z nich jest jedynym, który nadałby się dla mnie na przyjaciela. Lecz jego planeta jest naprawdę zbyt mała. Nie ma na niej dość miejsca dla dwóch osób".

Mały Książę nie ośmielił się jednak przyznać, że rzecz, którą byłoby mu najbardziej żal pozostawić na tej błogosławionej planecie, stanowiły tysiąc czterysta czterdzieści zachody słońca w ciągu dwudziestu czterech godzin.

XV

Szósta planeta była dziewięć razy większa.

Zamieszkiwał ją Stary Pan, który pisał olbrzymie księgi.

— No proszę! Oto badacz! — wykrzyknął, zobaczywszy Małego Księcia.

Mały Książę usiadł nieco zdyszany na jego stole. Już tak długo podróżował!

— Skąd pochodzisz? — spytał Stary Pan.

— Cóż to za gruba książka? — zapytał Mały Książę. — Co pan tu robi?

— Jestem Geografem — odparł Stary Pan.

— A kto to jest geograf?

— To mędrzec, który wie, gdzie się znajdują morza, rzeki, miasta, góry i pustynie.

— O, to całkiem ciekawe — rzekł Mały Książę. — To nareszcie jakiś prawdziwy zawód! — i obrzucił wzrokiem planetę Geografa. Nigdy dotąd nie widział planety równie majestatycznej. — Pańska planeta jest bardzo piękna. Czy są na niej oceany?

— Nie jestem w stanie się tego dowiedzieć — rzekł Geograf.

— O! — Mały Książę był rozczarowany. — A góry?

— Nie jestem w stanie się tego dowiedzieć — rzekł Geograf.

— A miasta, rzeki i pustynie?

— Tego też nie jestem w stanie ustalić — rzekł Geograf.

— Ale przecież jest pan geografem!

— Zgadza się — rzekł Geograf — ale nie jestem badaczem. Bardzo brakuje mi badaczy. Do geografa nie należy przeliczanie miast, rzek, gór, mórz, oceanów i pustyń. Geograf jest zbyt ważną osobą, żeby się włóczyć. Nie opuszcza biurka. Lecz przyjmuje badaczy. Wypytuje ich i robi notatki z ich wspomnień. A jeśli wspomnienia któregoś z nich wydają mu się interesujące, geograf każe przeprowadzić dochodzenie na temat moralności badacza.

— A to dlaczego?

— Ponieważ badacz-kłamca spowodowałby katastrofę w podręcznikach geografii. Podobnie badacz nadużywający alkoholu.

— A to dlaczego? — spytał Mały Książę.

— Ponieważ pijacy widzą podwójnie. Wówczas geograf odnotowałby dwie góry w miejscu, gdzie istnieje tylko jedna.

— Znam kogoś — zauważył Mały Książę — kto byłby złym badaczem.

— Możliwe. A więc po stwierdzeniu, że moralność badacza jest bez zarzutu, dokonuje się analizy jego odkrycia.

— Idzie się je obejrzeć?

— Nie. To zbyt skomplikowane. Ale na badacza nakłada się obowiązek dostarczenia dowodów. Jeśli chodzi o odkrycie dużej góry, wymagane jest, żeby przyniósł z niej duże kamienie.

Geograf nagle zamilkł.

— A ty, ty przychodzisz z daleka! Jesteś badaczem! Opiszesz mi twoją planetę!

I Geograf, otwarłszy swój rejestr, naostrzył ołówek. Opowieść badacza notuje się najpierw ołówkiem. Dopiero gdy dostarczy dowody, zapisuje się ją atramentem.

— No więc? — zapytał Geograf.

— Och! U mnie nie ma nic ciekawego — rzekł Mały Książę. — Wszystko jest małe. Mam trzy wulkany. Dwa wulkany czynne i jeden wygasły. Ale nigdy nic nie wiadomo.

— Nigdy nic nie wiadomo — powtórzył Geograf.

— Mam także Różę.

— Nie odnotowujemy róż — rzekł Geograf.

— A to dlaczego? Przecież one są najpiękniejsze!

— Ponieważ kwiaty są efemeryczne.

— A cóż to znaczy „efemeryczne"?

— Podręczniki geografii — rzekł Geograf — są najcenniejszymi ze wszystkich książek. Nigdy nie wychodzą z mody. Bardzo rzadko zdarza się górze zmiana miejsca. Niezmiernie rzadko ocean traci całą swoją wodę. Opisujemy rzeczy odwieczne.

— Ale wygasłe wulkany mogą się obudzić — przerwał Mały Książę. — Co to znaczy „efemeryczne"?

— Czy wulkany są wygasłe, czy obudzone, dla nas uczonych jest bez znaczenia — rzekł Geograf. — Dla nas rzeczą pierwszorzędnej wagi są góry. One nie podlegają zmianom.

— Ale co to znaczy „efemeryczne"? — powtórzył Mały Książę, który nigdy w życiu nie zrezygnował z raz zadanego pytania.

— To znaczy „które są zagrożone rychłym zniknięciem".

— Moja Róża jest zagrożona rychłym zniknięciem?

— Oczywiście.

— Moja Róża jest efemeryczna — rzekł do siebie Mały Książę — a poza tym ma tylko cztery kolce do obrony przed resztą świata! I pozostawiłem ją zupełnie samą!

Był to jego pierwszy odruch żalu. Ale odzyskał równowagę.

— Cóż radzi mi pan zwiedzić? — spytał.

— Planetę Ziemię — rzekł Geograf. — Ma dobrą reputację.

Mały Książę poszedł więc sobie, myśląc o swojej Róży.

XVI

Siódmą planetą była więc Ziemia.

Ziemia nie stanowi byle jakiej planety. Liczy ona stu jedenastu królów (nie zapominając oczywiście o królach murzyńskich), siedem tysięcy geografów, dziewięćset tysięcy biznesmenów, siedem i pół miliona pijaków, trzysta jedenaście milionów próżnych, to znaczy około dwóch miliardów dorosłych*. Żeby uzmysłowić wam, jakie są rozmiary Ziemi, powiem, że przed wynalezieniem elektryczności utrzymywano łącznie na wszystkich sześciu kontynentach prawdziwą armię złożoną z czterystu sześćdziesięciu dwóch tysięcy pięciuset jedenastu latarników do zapalania lamp ulicznych.

Widok tych lamp oglądany z daleka sprawiał fenomenalne wrażenie. Ruchy tej armii były uregulowane, jakby stanowiła balet zatrudniony w operze. Na pierwszy ogień szli latarnicy zapalający lampy w Nowej Zelandii i Australii. Później, zapaliwszy swe lampy, układali się na spoczynek. Wówczas przychodziła kolej na taniec latarników w Chinach i na Syberii. Potem oni ukrywali się za kulisami, a ich miejsce zajmowali latarnicy z Rosji i Indii. Potem zastępowali ich latarnicy z Afryki i Europy. Później przychodziła kolej na Amerykanów — najpierw z Południowej, a później z Północnej Ameryki. I nigdy nie mylili się co do kolejności wejścia na scenę. Było to wspaniałe.

Jedynie latarnik od jedynej latarni z północnego bieguna i jego kolega od jedynej latarni z bieguna południowego wiedli życie próżniacze, nonszalancko wykonując swą pracę zaledwie dwa razy w roku.

---

* Obecnie liczba ludności Ziemi wynosi około 7,6 miliarda (przyp. tłum.)

XVII

Kiedy zaczynamy dowcipkować, może się zdarzyć maleńkie łgarstwo. Nie byłem całkiem uczciwy, opowiadając wam o latarnikach zapalających lampy uliczne. Istnieje ryzyko, że przedstawię moją planetę w fałszywym świetle osobom, które jej nie znają. Ludzie zajmują niewiele miejsca na Ziemi. Jeśli dwa miliardy mieszkańców, którzy zamieszkują ziemię, stanęłyby blisko siebie, jak na manifestacji, wystarczyłby im w zupełności plac o rozmiarach dwadzieścia mil długości na dwadzieścia mil szerokości. Całą ludzkość można by pomieścić na najmniejszej wysepce Pacyfiku. Dorośli oczywiście wam nie uwierzą. Uważają, że zajmują bardzo wiele miejsca, a są przy tym równie ważni jak baobaby. Poradźcie im w takim razie, aby porachowali. Uwielbiają liczby, to będzie im się podobać. Nie marnujcie swojego czasu na to męczące zadanie. Jest bezsensowne. Macie przecież do mnie zaufanie.

Kiedy więc Mały Książę znalazł się na Ziemi, był bardzo zdziwiony, nie widząc nikogo. Już się obawiał, że pomylił planety, kiedy w piasku poruszył się zwinięty pierścień koloru księżyca.

— Dobry wieczór — rzekł na wszelki wypadek Mały Książę.

— Dobry wieczór — rzekła żmija.

— Na jaką planetę spadłem? — spytał Mały Książę.

— Na Ziemię, do Afryki — odpowiedziała żmija.

— Och! Czyżby więc nikogo nie było na Ziemi?

— Tutaj jest pustynia. Na pustyniach nie ma nikogo. Ziemia jest wielka — rzekła żmija.

Mały Książę usiadł na kamieniu i uniósł oczy ku niebu.

— Zadaję sobie pytanie — powiedział — czy gwiazdy są oświetlone po to, aby każdy mógł pewnego dnia odnaleźć swoją. Spójrz na moją planetę. Jest tuż nad nami. Ale jakże jest daleko.

— Jest piękna — rzekła żmija. — Po co tu przybyłeś?

— Miałem kłopoty z pewną różą — rzekł Mały Książę.

— Ooo! — zrozumiała żmija.

I umilkli.

— Gdzie są ludzie? — podjął wreszcie rozmowę Mały Książę. — Trochę tu samotnie na tej pustyni...

— Śmieszne z ciebie stworzenie — rzekł wreszcie — chude jak palec...

— Wśród ludzi jest też samotnie — odrzekła żmija.

Mały Książę długo jej się przyglądał.

— Śmieszne z ciebie stworzenie — chude jak palec...

— Jestem jednakże potężniejsza niż palec króla — powiedziała żmija.

Mały Książę uśmiechnął się.

— Nie jesteś potężna, nie masz nawet łap, nie możesz też podróżować...

— Mogłabym unieść cię w dalszą podróż niż okręt — rzekła żmija.

Owinęła się dookoła kostki Małego Księcia jak złota bransoletka.

— Dotknięciem obracam każdego w proch, z którego powstał — rzekła wreszcie. — Lecz ty jesteś czysty i pochodzisz z gwiazdy...

Mały Książę nic nie odpowiedział.

— Współczuję ci — jesteś tak słaby na tej kamiennej Ziemi. Mogłabym pewnego dnia ci pomóc, gdybyś tęsknił za twoją planetą. Mogłabym...

— Och! Doskonale zrozumiałem — rzekł Mały Książę — lecz dlaczego mówisz cały czas zagadkami?

— Sama je wszystkie rozwiązuję — powiedziała żmija.

I zamilkli.

XVIII

Mały Książę przeszedł przez całą pustynię i nie spotkał nikogo prócz małego kwiatka. Kwiatka o trzech płatkach, całkiem niepozornego.

— Dzień dobry — rzekł Mały Książę.

— Dzień dobry — odparł Kwiatek.

— Gdzie są ludzie? — spytał grzecznie Mały Książę.

Kwiatek widział pewnego dnia przejeżdżającą w pobliżu karawanę.

— Ludzie? Istnieje ich chyba sześciu czy siedmiu. Widziałem ich całe lata temu. Ale nikt nie wie, gdzie ich odnaleźć. Wiatr ich

przerzuca z miejsca na miejsce. Są pozbawieni korzeni i na tym polega ich kłopot.

— Żegnaj — rzekł Mały Książę.

— Żegnaj — rzekł Kwiatek.

XIX

Mały Książę wspiął się na wysoką górę. Jedynymi znanymi mu dotąd górami były trzy wulkany, które sięgały mu do kolan, a wulkan wygasły służył mu jako taboret.

— Z góry tak wysokiej — rzekł do siebie — dojrzę od razu całą planetę i wszystkich ludzi...

Ale nie dostrzegł niczego oprócz skalnych iglic o wyostrzonych krawędziach.

— Dzień dobry — rzekł na wszelki wypadek.

— Dzień dobry... dobry... dobry — odpowiedziało Echo.

— Kim jesteś? — spytał Mały Książę.

— Kim jesteś... jesteś... jesteś — podjęło Echo.

Ta planeta jest cała sucha, zupełnie spiczasta i do tego słona

— Zostańcie moimi przyjaciółmi — jestem taki samotny — powiedział.

— Jestem samotny... samotny — odparło Echo.

„Co za śmieszna planeta — pomyślał więc Mały Książę. — Cała sucha, zupełnie spiczasta i do tego słona. A ludzie pozbawieni są wyobraźni. Powtarzają słowa, które do nich mówię. U siebie miałem Różę, ona zawsze zagadywała pierwsza".

XX

Wreszcie jednak nadszedł moment, kiedy po długim marszu po piachu, skałach i śniegu Mały Książę odkrył drogę. A wszystkie drogi prowadzą do ludzi.

— Dzień dobry — powiedział.

Był to ogród kwitnących róż.

— Dzień dobry — odpowiedziały róże.

Mały Książę popatrzył na nie. Wszystkie były podobne do jego Róży.

— Kim jesteście? — zapytał osłupiały Mały Książę.

— Jesteśmy różami — odpowiedziały róże.

— Och! — wykrzyknął Mały Książę.

I poczuł się bardzo nieszczęśliwy.

Jego Róża zasugerowała mu, jakoby była jedyna w swoim rodzaju we wszechświecie. A tutaj oto w jednym tylko ogrodzie znajdowało się pięć tysięcy zupełnie podobnych róż!

— Ależ by się rozgniewała, gdyby to zobaczyła... strasznie by się rozkaszlała i zaczęła udawać, że umiera, tylko po to, żeby uniknąć narażania się na śmieszność. A ja musiałbym udawać, że ją pielęgnuję, bo w przeciwnym wypadku, żeby mnie upokorzyć, naprawdę by umarła.

A potem pomyślał: „Przypuszczałem, że zostałem bogato obdarowany niepowtarzalną Różą, a tymczasem posiadam zwykły kwiat. Ani to, ani moje trzy wulkany, które sięgają mi do kolan, a z których jeden, być może, wygasł na zawsze, nie czyni ze mnie wielkiego księcia".

Położył się na trawie i zapłakał.

XXI

Wtedy właśnie zjawił się Lis.

— Dzień dobry — rzekł Lis.

— Dzień dobry — odparł grzecznie Mały Książę, który odwrócił się, lecz niczego nie zauważył.

— Tutaj jestem — rzekł głos — pod jabłonką.

— Ktoś ty? — spytał Mały Książę. — Śliczne z ciebie stworzenie.

— Jestem lisem — rzekł Lis.

— Chodź, będziemy się bawić — zaproponował Mały Książę. — Jest mi tak smutno.

— Nie mogę bawić się z tobą — rzekł Lis. — Nie jestem oswojony.

— Och! Przepraszam — wykrzyknął Mały Książę. Ale po namyśle dodał: Co to znaczy „oswojony"?

— Nie jesteś stąd — zauważył Lis. — Czego tu szukasz?

— Szukam ludzi — rzekł Mały Książę. — Co to znaczy „oswojony"?

— Ludzie — rzekł Lis — mają strzelby i polują. To denerwujące! Hodują także kury. To jedyne, co w nich może zainteresować. Szukasz kur?

— Nie — rzekł Mały Książę. — Szukam przyjaciół. Co to znaczy: „oswajać"?

—To rzecz, która poszła w zapomnienie — rzekł Lis. — To znaczy „tworzyć związki".

— Tworzyć związki?

— Oczywiście — rzekł Lis. — Jesteś dla mnie tylko małym chłopcem, takim samym, jak sto tysięcy innych małych chłopców. Nie potrzebuję ciebie. A ty nie potrzebujesz mnie. Dla ciebie jestem po prostu lisem, jak sto tysięcy innych lisów. Ale jeśli mnie oswoisz, będziemy siebie nawzajem potrzebować. Ja stanę się dla ciebie jedynym na świecie.

— Zaczynam rozumieć — rzekł Mały Książę. — Jest taka Róża. Myślę, że ona mnie oswoiła.

— Możliwe — rzekł Lis. — Na tej Ziemi wszystko może się zdarzyć.

— Och nie! To nie było na Ziemi — rzekł Mały Książę.

Lis wyglądał na bardzo zaintrygowanego.

— Na innej planecie?

— Tak.

— A są na tej planecie myśliwi?

— Nie.

— O, to interesujące! A kury?

— Nie.

— Nie ma rzeczy idealnych — westchnął Lis.

Lis kontynuował myśl:

— Moje życie jest monotonne. Poluję na kury, a ludzie polują na mnie. Wszystkie kury są do siebie podobne, tak jak podobni są wszyscy ludzie. A więc popadam w znudzenie. Ale jeśli mnie oswoisz, moje życie nabierze blasku słońca. Poznam dźwięk kroków różniących się od wszystkich innych. Inne kroki powodują, że chowam się pod ziemię. Na dźwięk twych kroków jak na dźwięk muzyki wybiegnę z norki. No popatrz! Widzisz tam w oddali pola zbóż? Nie jadam chleba. Zboże jest dla mnie bezużyteczne. Łany zbóż z niczym mi się nie kojarzą. A to jest smutne. Ale ty masz złocisty kolor włosów. Kiedy mnie oswoisz, będzie cudownie. Zboże, które jest złote, będzie mi zawsze ciebie przypominać. I spodoba mi się szmer wiatru w zbożu.

Lis zamilkł i długo przyglądał się Małemu Księciu.

— Proszę cię bardzo, oswój mnie — powiedział.

Jeśli będziesz przychodził przykładowo o czwartej,
zacznę być szczęśliwy już od trzeciej

— Bardzo chętnie — odparł Mały Książę. — Ale nie mam wiele czasu. Muszę poznać bardzo wiele rzeczy i odnaleźć przyjaciół.

— Tylko rzeczy oswojone nadają się do poznania — rzekł Lis. — Ludzie nie dysponują już wystarczającą ilością czasu, żeby coś poznać. Kupują gotowe wyroby u sprzedawców, a ponieważ nie ma sklepów z przyjaciółmi, ludzie już ich utracili. Jeśli pragniesz mieć przyjaciela, oswój mnie!

— A co trzeba zrobić?— spytał Mały Książę.

— Należy zachować cierpliwość — odparł Lis. — Najpierw usiądziesz w pewnym oddaleniu ode mnie, o tam, w trawie. Popatrzę na ciebie kątem oka, a ty nic nie powiesz. Język to źródło nieporozumień. Lecz każdego dnia będziesz mógł przysunąć się trochę bliżej.

Nazajutrz Mały Książę powrócił.

— Byłoby lepiej, gdybyś wracał stale o tej samej porze — rzekł Lis. — Jeśli będziesz przychodził przykładowo o czwartej po południu, zacznę być szczęśliwy już od trzeciej. Im będzie robiło się później, tym będę szczęśliwszy. O czwartej będę niespokojny i zacznę się wiercić, odkryję cenę, jaką należy zapłacić za szczęście! A jeżeli będziesz przychodził o byle jakich porach, nigdy nie będę wiedział, o której godzinie przygotować moje serce. Należy przestrzegać pewnych rytuałów.

— A co to jest rytuał? — spytał Mały Książę.

— To także coś zupełnie zapomnianego — rzekł Lis. — To powoduje, że dzień różni się od innych dni, godzina od innych godzin. Moi myśliwi, na przykład, przestrzegają pewnego rytuału. Co czwartek tańczą z dziewczętami we wsi. Dlatego więc czwartek jest dniem cudownym! Chodzę na spacerek, aż do winnicy. Gdyby myśliwi tańczyli, kiedy popadnie, dni byłyby do siebie podobne i nie miałbym chwili odpoczynku.

Tak więc Mały Książę oswoił Lisa. A kiedy zbliżyła się pora rozstania:

— Och! — rzekł Lis. — Zbiera mi się na płacz.

— To twoja wina — odparł Mały Książę. — Nie życzyłem tobie źle, to ty chciałeś, żebym ciebie oswoił.

— Oczywiście — rzekł Lis.

— Ale zbiera ci się na łzy! — rzekł Mały Książę.

Położywszy się w trawie, zapłakał

— Oczywiście — rzekł Lis.

— Więc niczego Ci to nie dało!

— Dało — odpowiedział Lis — ze względu na kolor zboża.

A potem dodał:

— Idź popatrzeć na róże. Pojmiesz, że twoja Róża jest jedyna na świecie. Przyjdziesz pożegnać się ze mną, a ja dam ci w prezencie pewien sekret.

Mały Książę poszedł popatrzeć ponownie na róże.

— Nie przypominacie w ogóle mojej Róży. Jeszcze nie stałyście się niczym. Nikt was nie oswoił i wy nikogo nie oswoiłyście. Mój Lis był taki jak wy. Był sobie zwykłym lisem, podobnym do stu tysięcy innych, ale zaprzyjaźniłem się z nim i teraz jest jedyny na świecie.

Bardzo zakłopotało to róże.

— Jesteście piękne, lecz puste — dodał jeszcze. — Nie można dla was umrzeć. Oczywiście jakiś zwykły przechodzień mógłby pomyśleć, że moja Róża jest do was podobna. Ale jedynie ona jest ważniejsza od was wszystkich, ponieważ to ją podlewałem. To ją właśnie włożyłem pod klosz. Ją ochraniałem parawanem. To dla niej zabijałem gąsienice (prócz dwóch czy trzech hodowanych na motyle). To jej narzekań i przechwałek słuchałem, a czasami milczałem w jej towarzystwie. Bo to moja Róża.

I powrócił do Lisa.

— Żegnaj — powiedział.

— Żegnaj — powiedział Lis. — Oto mój sekret. Jedynie sercem można wszystko jasno poznać. To co najważniejsze skrywa się przed wzrokiem.

— To co najważniejsze skrywa się przed wzrokiem — powtórzył Mały Książę z zamiarem zapamiętania.

— To czas, jaki poświęciłeś twojej Róży, czyni ją tak ważną.

— To czas, jaki poświęciłem mojej Róży — powtórzył Mały Książę z zamiarem zapamiętania.

— Ludzie zapomnieli o tej prawdzie — rzekł Lis. — Ale ty tego nie rób. Już zawsze będziesz odpowiedzialny za to, co oswoiłeś. Jesteś odpowiedzialny za swoją Różę.

— Jestem odpowiedzialny za moją Różę — powtórzył Mały Książę z zamiarem zapamiętania.

XXII

— Dzień dobry — rzekł Mały Książę.

— Dzień dobry — odparł Zwrotniczy.

— Co tu robisz? — spytał Mały Książę.

— Dobieram pasażerów w paczki po tysiąc — odparł Zwrotniczy. — Ekspediuję pociągi, które ich rozwożą, jednych na prawo, drugich na lewo.

Rozświetlony pośpieszny, hucząc jak grzmot, wstrząsnął budką Zwrotniczego.

— Bardzo się śpieszą — rzekł Mały Książę. — Czego szukają?

— Nawet człowiek z lokomotywy tego nie wie — odparł Zwrotniczy.

Zagrzmiał, w przeciwnym kierunku, drugi, rozświetlony pośpieszny.

— Już wracają? — spytał Mały Książę.

— To nie ci sami — rzekł Zwrotniczy. — To wymiana.

— Nie byli tam zadowoleni?

— Człowiek nigdy nie jest zadowolony z miejsca swego pobytu — odparł Zwrotniczy.

Zahuczał grzmot trzeciego rozświetlonego pośpiesznego.

— Ścigają pierwszych podróżnych? — spytał Mały Książę.

— Niczego nie ścigają — rzekł Zwrotniczy. — Śpią tam w środku albo ziewają. Tylko dzieci rozpłaszczają swoje noski na szybach.

— Tylko dzieci wiedzą, czego szukają — rzekł Mały Książę. — Tracą czas na lalkę z szyfonu, która nabiera dla nich znaczenia i jeśli im ją zabrać, płaczą.

— Mają szczęście — rzekł Zwrotniczy.

XXIII

— Dzień dobry — rzekł Mały Książę.

— Dzień dobry — rzekł Kupiec.

Był to Kupiec udoskonalonych pigułek, które odbierają pragnienie. Połyka się jedną na tydzień i już nie odczuwa się potrzeby picia.

— Po co to sprzedajesz? — rzekł Mały Książę.

— To wielka oszczędność czasu — rzekł Kupiec. — Eksperci dokonali kalkulacji. Oszczędza się pięćdziesiąt trzy minuty na tydzień.

— A co się robi z tymi pięćdziesięcioma trzema minutami?

— Robi się to, na co się ma ochotę.

— Gdybym ja miał pięćdziesiąt trzy minuty do rozdysponowania, poszedłbym powolutku w kierunku fontanny — rzekł sobie w duchu Mały Książę.

XXIV

Doszliśmy do ósmego dnia od mojego defektu na pustyni i wysłuchałem opowieści o Kupcu, pijąc ostatnią kroplę mego zapasu wody.

— Och! — rzekłem do Małego Księcia. — Twoje wspomnienia są bardzo piękne, ale ja jeszcze nie naprawiłem mego samolotu, nie mam niczego do picia i jakże byłbym szczęśliwy, gdybym i ja także mógł powolutku pójść w kierunku fontanny.

— Mój przyjaciel Lis... — zwrócił się do mnie.

— Mój drogi człowieczku, tu już nie chodzi o Lisa.

— Dlaczego?

— Ponieważ teraz umrzemy z pragnienia.

Nie zrozumiawszy mego rozumowania, odparł:

— Doznanie przyjaźni daje wielkie zadowolenie, nawet jeżeli pisana ci śmierć. Jestem bardzo zadowolony, że zaprzyjaźniłem się z Lisem.

„On nie zastanawia się wcale nad niebezpieczeństwem — powiedziałem sobie w duchu. — Nigdy nie odczuwa głodu ani pragnienia. Wystarczy mu odrobina słońca".

Ale on spojrzał na mnie i odpowiedział jakby na moją myśl:

— I ja chcę pić, poszukajmy gdzieś studni.

Wykonałem gest okazujący zniechęcenie; absurdalne są próby szukania studni na oślep, pośród nieskończoności pustyni. Tym niemniej wyruszyliśmy.

Maszerowaliśmy wiele godzin w ciszy, kiedy zapadła noc i zaczęły świecić gwiazdy. Dostrzegłem je, jak we śnie, nieco rozgorączkowany z pragnienia. Słowa Małego Księcia tańczyły w mej pamięci.

— A więc i tobie zdarza się pragnienie? — spytałem go.

Lecz nie odpowiedział na moje pytanie. Rzekł po prostu:

— Woda może być dobra także na serce.

Nie zrozumiałem jego odpowiedzi, ale zamilkłem.

Wiedziałem dobrze, że nie należy go wypytywać.

Był zmęczony. Siadł. A ja koło niego. I po chwili milczenia rzekł:

— Gwiazdy są piękne ze względu na pewną Różę, której nie widać.

Odpowiedziałem: „Oczywiście" i patrzyłem, nic nie mówiąc, na pomarszczony piasek w świetle księżyca.

— Pustynia jest piękna — dodał.

Była to prawda. Pustynia podobała mi się zawsze. Siadasz na wydmie piasku. Nic nie widzisz. Nic nie słyszysz. Tym niemniej coś promieniuje w ciszy.

— Jest coś, co upiększa pustynię — rzekł Mały Książę — to, że gdzieś kryje się w niej studnia.

Zdziwiło mnie to nagłe zrozumienie owego tajemniczego promieniowania piasku. Kiedy byłem małym chłopcem, mieszkałem w starym domku, z zakopanym gdzieś skarbem, według opowiadanej legendy. Oczywiście, nikt nie zdołał go nigdy odkryć, lecz może też nikt go nigdy nie szukał. Prawdą jest, że oczarował cały dom. Mój dom ukrywał tajemnicę w głębi swej duszy.

— Tak — odparłem Małemu Księciu — nieważne czy chodzi o dom, gwiazdy lub pustynię, prawdziwej piękności dodaje im to, co niewidoczne!

— Tak się cieszę — rzekł — że zgadzasz się z moim Lisem.

Ponieważ Mały Książę już usypiał, wziąłem go w ramiona i ruszyłem w drogę. Byłem wzruszony. Odnosiłem wrażenie, że oto niosę kruchy klejnot. Zdawało mi się, że to najdelikatniejszy skarb na Ziemi. W świetle księżyca przyglądałem się blademu czołu, zamkniętym oczom, kosmykom włosów drżących na wietrze i mówiłem sobie: „To, co tu widzę, to jedynie powłoka. Najważniejsze jest to, co niewidoczne". Ponieważ na rozchylonych ustach igrał mu półuśmiech, dodałem: „A najbardziej w tym uśpionym Małym Księciu wzrusza mnie jego wierność wobec Róży. Obraz tej Róży promienieje w nim jak lampa, nawet gdy śpi".

I uznałem, że jest jeszcze bardziej delikatny, niż przypuszczałem. Trzeba dobrze chronić lampy: wystarczy bowiem jeden podmuch wiatru, a zgasną.

I maszerując w taki sposób, z nadejściem świtu odkryłem studnię.

XXV

— Ludzie — rzekł Mały Książę — wpadają w wartki prąd czasu, nie pamiętając już, czego szukają. Machają więc gorączkowo rękami, kręcąc się w kółko.

I dodał:

— To nie ma sensu.

Studnia, do której dotarliśmy, nie była podobna do studni saharyjskich. Studnie saharyjskie stanowią zwykle otwory wydrążone w piasku, a ta wyglądała na normalną, wiejską studnię. Tymczasem tutaj nie było żadnej wsi; zdawało mi się, że śnię.

— To dziwne — rzekłem do Małego Księcia — wszystko jest gotowe: kołowrotek, wiadro i lina.

Zaśmiał się, dotknął liny i uruchomił bloczek. Kołowrotek jęknął, wydając z siebie dźwięk jak stary kurek na dachu, po długiej, bezwietrznej pogodzie.

Zaśmiał się, dotknął liny, uruchomił kołowrotek

— Słyszysz? — spytał Mały Książę. — Budzimy tę studnię i zaczyna śpiewać.

Nie chciałem, żeby się męczył.

— Pozwól, że to zrobię — rzekłem. — To zbyt ciężkie dla ciebie.

Powoli podniosłem wiadro do cembrowiny, gdzie je statecznie postawiłem. W uszach wciąż dźwięczał mi śpiew kołowrotka, a w wodzie, która jeszcze drżała, widziałem rozedrgane słońce.

— Pragnę tej wody — rzekł Mały Książę — daj mi jej do picia!

I wtedy zrozumiałem, czego szukał.

Uniosłem wiadro do jego ust. Pił z zamkniętymi oczami. Była pełna słodyczy jak świąteczne dni. Ta woda nie była tylko napojem. Zrodziła się z wędrówki pod gwiazdami, ze śpiewu kołowrotka, z wysiłku moich ramion. Była dobra na serce, jak upominek świąteczny. Kiedy byłem małym chłopcem, światełka bożonarodzeniowej choinki, muzyka pasterki, słodycz uśmiechów — składały się wszystkie na promieniowanie prezentu gwiazdkowego, który otrzymywałem.

— Ludzie u ciebie — rzekł Mały Książę — hodują pięć tysięcy róż w jednym ogrodzie, a nie umieją odnaleźć tego, czego szukają.

— I nie znajdują tego — odpowiedziałem.

— A przecież to, czego szukają, można by odnaleźć w pojedynczej róży lub w odrobinie wody.

— Oczywiście — odparłem.

A Mały Książę dodał:

— Ale oczy są ślepe. Należy szukać sercem.

Napiłem się. Mocno wciągałem powietrze. Piasek o brzasku dnia jest koloru miodu. Ten kolor napełniał mnie także szczęściem. Po cóż zostałem skazany na cierpienie?

— Musisz dotrzymać obietnicy — rzekł cichutko Mały Książę, który ponownie usiadł obok mnie.

— Jakiej obietnicy?

— Wiesz... kaganiec dla mego baranka, jestem odpowiedzialny za tę Różę!

Wyciągnąłem z kieszeni moje próbne rysunki. Mały Książę dostrzegł je i rzekł ze śmiechem:

— Twoje baobaby są trochę podobne do kapusty.

— Och!

A ja byłem taki dumny z baobabów.

— Twój lis — jego uszy przypominają trochę rogi, a ponadto są zbyt długie!

I ponownie roześmiał się.

— Jesteś niesprawiedliwy, mały człowieczku, nie umiałem rysować niczego prócz węży boa, zamkniętych i otwartych.

— Och! Jakoś to będzie — powiedział — dzieci wiedzą.

Narysowałem więc ołówkiem kaganiec. Oddałem mu go ze ściśniętym sercem.

— Masz plany, o których nic nie wiem.

Ale on mi nie odpowiedział. Rzekł:

— Wiesz, jeśli chodzi o moje pojawienie się na Ziemi — jutro będzie jego rocznica.

A potem dodał po chwili ciszy:

— Spadłem tu w pobliżu.

I zarumienił się.

I ponownie, nie wiadomo dlaczego, odczułem dziwny smutek. Jednakże przyszło mi do głowy pewne pytanie:

— A więc osiem dni temu to nie był przypadek, że rankiem, w którym ciebie poznałem, spacerowałeś sobie samotnie tysiąc mil z dala od ludzkich siedzib! Powracałeś do miejsca swojego lądowania?

Mały Książę zarumienił się ponownie.

A ja dodałem z wahaniem:

— Może z powodu rocznicy?

Mały Książę znów się zaczerwienił. Nigdy nie odpowiadał na pytania, ale jeśli ktoś rumieni się, to oznacza „tak", prawda?

— Och! — powiedziałem. — Boję się.

Ale on odparł:

— Teraz powinieneś pracować. Musisz powrócić do twojego samolotu. Będę tu na ciebie czekał. Wróć jutro wieczorem.

To jednak mnie nie uspokoiło. Pomyślałem o Lisie. Kiedy pozwalasz się oswoić, musisz liczyć się ze łzami.

XXVI

Obok studni znajdowały się ruiny starego kamiennego muru. Kiedy powróciłem po pracy następnego wieczoru, z daleka zobaczyłem Małego Księcia, który siedział na murze, z dyndającymi nogami.

I usłyszałem jego słowa:

— A więc nie pamiętasz? — mówił. — To nie było w tym miejscu!

Jakiś głos odparł mu — bez wątpienia, gdyż odrzekł:

— O tak, tak! To z pewnością właściwy dzień, lecz nie to samo miejsce.

Szedłem dalej w kierunku muru. Nadal nie było widać ani słychać nikogo. Jednakże Mały Książę odrzekł znowu:

— Oczywiście. Zobaczysz, gdzie rozpoczyna się mój ślad na piasku. Musisz tylko na mnie poczekać. Przyjdę dziś w nocy.

Znajdowałem się w odległości dwudziestu metrów od muru i nadal niczego nie widziałem. Mały Książę po krótkim milczeniu dodał:

— Masz dobry jad? Jesteś pewna, że nie będę długo cierpiał?

Zatrzymałem się ze ściśniętym sercem, nadal nie rozumiejąc.

— A teraz idź sobie — rzekł — chcę zejść!

Wówczas opuściłem wzrok i aż podskoczyłem! U podnóża muru prężyła się ku Księciu żółta żmija, jedna z tych, które potrafią dokonać egzekucji w ciągu trzydziestu sekund. Włożyłem ręce do kieszeni w poszukiwaniu rewolweru, rzuciłem się pędem, lecz na dźwięk mych kroków żmija powoli odpłynęła po piasku jak zanikająca fontanna i bez specjalnego pośpiechu zniknęła wśród kamieni z cichym, metalicznym odgłosem.

Dotarłem do murku akurat na czas, by pochwycić w ramiona mojego książęcego, bladego jak ściana człowieczka.

— Cóż to za historia! Rozmawiasz teraz ze żmijami!

Zdjąłem mu z szyi jego odwieczny złoty szal. Skropiłem mu skronie i napoiłem go. I nie śmiałem go pytać o nic więcej. Patrzył na mnie poważnie, objąwszy mnie ramionkami za szyję. Czułem, jak mu bije serce, zupełnie jak umierającemu ptaszkowi, zastrzelonemu z fuzji.

Rzekł:

— A teraz idź sobie — rzekł — chcę zejść!

— Jestem zadowolony, że odnalazłeś defekt w samolocie. Będziesz mógł powrócić do siebie.

— Skąd to wiesz?

Właśnie miałem mu powiedzieć, że na przekór wszystkiemu udało mi się osiągnąć sukces! Nic nie odpowiedział na moje pytanie, ale dodał:

— Ja także powracam dziś do siebie.

Później dodał melancholijnie:

— To dużo dłuższa podróż... dużo trudniejsza...

Czułem, że dzieje się coś niezwykłego. Tuliłem go w ramionach jak maleńkie dziecko, odnosząc jednocześnie wrażenie, jakby odpływał pionowo w nicość, nie dając mi żadnej szansy na zatrzymanie go.

Jego wzrok był poważny, zagubiony gdzieś w dali.

— Mam twego baranka. I mam skrzynkę dla niego. Mam także kaganiec.

I uśmiechnął się z melancholią.

Długo czekałem. Czułem, jak stopniowo rozgrzewa się.

— Mały człowieczku, poczułeś przypływ strachu...

Oczywiście, że odczuwał lęk! Ale zaśmiał się cichutko:

— Dziś wieczór mój strach osiągnie punkt kulminacyjny.

Znów zmroziło mnie przeczucie czegoś nieuchronnego. Zrozumiałem także, że nie mogę znieść myśli o tym, iż nie usłyszę już nigdy tego śmiechu. A był on dla mnie jak fontanna na pustyni.

— Mały człowieczku, chcę usłyszeć twój śmiech.

Ale on odparł:

— Dziś w nocy minie rok. Moja gwiazda znajdzie się akurat nad miejscem, gdzie spadłem w ubiegłym roku.

— Powiedz mi, mój mały człowieczku, że cała ta historia ze żmiją, spotkaniem i gwiazdą to tylko zły sen.

Ale on nie odpowiedział i rzekł:

— Najważniejsze, że jej nie widać.

— Oczywiście.

— To tak, jak z różą. Jeśli kochasz różę, która mieszka na gwieździe, to oglądanie nieba nocą przepełnia cię słodyczą. Wszystkie gwiazdy kwitną.

— Oczywiście.

— To tak, jak z wodą. Ta, którą podałeś mi do picia, była jak muzyka z powodu kołowrotka i liny — pamiętasz, jaka była dobra?

— Oczywiście.

— Nocą popatrzysz na gwiazdy. Moja gwiazda jest zbyt mała, żebym mógł Ci pokazać, gdzie się znajduje. Ale tak jest lepiej. Moja gwiazda będzie dla ciebie tylko jedną z gwiazd. Wówczas będziesz przyglądał się z równą radością wszystkim gwiazdom. Wszystkie będą twoimi przyjaciółkami. A poza tym ofiaruję ci prezent.

Zaśmiał się znowu.

— O, mały człowieczku, mały człowieczku — tak kocham twój śmiech!

— On właśnie będzie moim prezentem... Będzie jak z wodą...

— Co przez to rozumiesz?

— Ludzie mają gwiazdy, które nie są dla nich tym samym. Dla niektórych, tych, którzy odbywają podróże, gwiazdy są przewodnikami. Dla innych są jedynie maleńkimi punkcikami świetlnymi. Dla jeszcze innych, naukowców, gwiazdy to problemy. Dla mego Biznesmena były ze złota. Ale te wszystkie gwiazdy milczą dla nich. A ty będziesz posiadał takie gwiazdy, których nikt nie ma.

— Co chcesz przez to powiedzieć?

— Kiedy popatrzysz na niebo nocą — a ja będę mieszkał na jednej z gwiazd i śmiał się właśnie tam — wówczas będzie tak, jak gdyby wszystkie gwiazdy się śmiały. Będziesz miał gwiazdy obdarzone darem śmiechu!

I znów się zaśmiał.

— A kiedy zaznasz pociechy (zawsze coś łagodzi nasz smutek), będziesz zadowolony, że mnie poznałeś. Pozostaniesz na zawsze moim przyjacielem. Zapragniesz śmiać się ze mną. I czasami otworzysz okno, ot tak, żeby sprawić sobie przyjemność. A twoi przyjaciele zdziwią się, widząc, jak śmiejesz się do nieba. Powiesz im wtedy: „Tak, gwiazdy posiadają dar rozśmieszania mnie!". A oni pomyślą, że postradałeś zmysły. Okaże się wówczas, że zrobiłem ci brzydkiego psikusa.

I zaśmiał się ponownie.

— Będzie to tak, jakbym, zamiast gwiazd, ofiarował ci maleńkie dzwoneczki, które umieją się śmiać.

I znów zaśmiał się. A potem ponownie spoważniał.

— Tej nocy... wiesz... nie przychodź.

— Nie opuszczę ciebie.

— Będę sprawiał wrażenie cierpiącego... a trochę umierającego. Tak to już jest. Nie przychodź tego oglądać. Nie warto.

— Nie opuszczę cię.

Był jednak niespokojny.

— Mówię tobie o tym... także z powodu żmii. Lepiej, żeby ciebie nie ukąsiła. Żmije są jadowite. Potrafią ukąsić dla czystej przyjemności.

— Nie opuszczę ciebie.

Coś jednakże uspokoiło go.

— Co prawda, na drugie ukąszenie nie pozostaje już im więcej jadu.

Tej nocy nie zauważyłem, kiedy wybrał się w drogę. Wykradł się bezszelestnie. Kiedy udało mi się go dogonić, szedł zdecydowanym, szybkim krokiem. Rzekł do mnie tylko:

— O, jesteś!

I wziął mnie za rękę. Ale jeszcze dręczył się:

— Zrobiłeś głupstwo. Będziesz cierpiał. Będę wyglądał jak umarły, choć to nie będzie prawdą.

A ja milczałem.

— Rozumiesz. To jest zbyt daleko. Nie mogę unieść z sobą tego ciała. Jest zbyt ciężkie.

A ja milczałem.

— Ale ono będzie jak stara, opuszczona skorupka. Stare skorupki nie napełniają aż takim smutkiem.

A ja milczałem.

Zasępił się trochę. Ale dokonał jeszcze jednego wysiłku.

Zadaję więc sobie pytanie: „Co zaszło na jego planecie? Niewykluczone, że baranek zjadł Różę...”.

A potem mówię sobie: „Z pewnością nie! Mały Książę ukrywa swoją Różę co noc pod szklanym kloszem i dobrze strzeże swojego baranka”. Jestem więc szczęśliwy. A wszystkie gwiazdy śmieją się cichutko.

A potem mówię sobie: „Zdarzy się, że człowiek jest raz czy dwa roztargniony i to już wystarczy! Starczy, że jeden raz zapomniał szklanego klosza lub też, że baranek wyszedł bezszelestnie nocą”. I natychmiast dzwoneczki zmieniają się w łzy!

To na tym polega wielka tajemnica. Dla was, którzy też kochacie Małego Księcia, tak samo jak dla mnie, nic nie jest podobne we wszechświecie do tego zdarzenia: gdy w jakimś miejscu, nie wiadomo gdzie, jakiś nieznany nam baranek zjadł lub nie zjadł jakąś różę.

Spójrzcie na niebo. Zadajcie sobie pytanie, czy baranek zjadł, czy też nie zjadł Różę? I zobaczycie, jak wszystko się zmienia.

A żadna osoba dorosła nie pojmie nigdy, że to ma tak wielkie znaczenie!

Jest to dla mnie najpiękniejszy i najsmutniejszy pejzaż na świecie. Jest to taki sam widok, jak ten narysowany na poprzedniej stronie. Narysowałem go jednak powtórnie, żebyście go mogli dobrze obejrzeć. To tutaj Mały Książę pojawił się na Ziemi, a później znikł. Przypatrzcie się dokładnie temu obrazkowi, upewnijcie się, że zdołacie go rozpoznać, o ile pewnego dnia znajdziecie się w Afryce, na pustyni. A jeżeli przypadkiem będziecie tamtędy przejeżdżać, błagam Was, nie śpieszcie się, poczekajcie chwilę pod gwiazdą! Jeśli podejdzie do Was wówczas dziecko, jeśli będzie miało złociste włosy, jeśli nie będzie nigdy odpowiadało na pytania, odgadniecie, kim ono jest. Bądźcie więc mili! Nie pozwólcie mi smucić się; napiszcie szybko i powiedzcie mi, że on powrócił.

KONIEC